小學生
古文遊 ①

周蜜蜜 編著

中華教育

目錄

人物介紹

何巧敏
女，小學生

唐向文
男，何巧敏的同學

宋導師
男，《小學生古文遊》網絡
主持人、導師

古文遊準備出發！

　　這一天，小學生何巧敏從圖書館借書之後走回家。當她路過附近的休憩公園，聽到有人坐在旁邊的長椅上，發出「唉呀⋯⋯」的歎氣聲。

　　何巧敏不由得站定了，向那邊一看，大吃一驚，叫出聲來：「咦！唐向文同學，你怎麼會坐在這裏，唉聲歎氣地做甚麼？」

　　唐向文向何巧敏揚起手中拿着的一本書，愁眉苦臉地說：「我在看這個，但是讀來讀去，還是覺得很難明白。」

　　何巧敏定睛一看，說：「啊！原來你在讀古文。其實這一點也不難，而且中國的古文世界很精彩，有無窮的學習樂趣。告訴你吧，現在有一部能夠隨時隨地幫助我們閱讀和理解的《小學生古文遊》，還有非常厲害的網絡導師，可以指導我們一邊瀏覽、一邊學習的。」

　　唐向文眼睛一亮，說：「真的嗎？」

　　何巧敏從書包裏拿出《小學生古文遊》的電子書，說：「當然是真的，你看！」

唐向文跳起來，興奮地說：「太好了，我要馬上試一試！」

　　何巧敏把電子書打開了，說：「好，那我們馬上就到先秦去看孔子的《論語》吧。」

　　只見電子屏幕顯示出一篇文字，唐向文讀了起來 ——

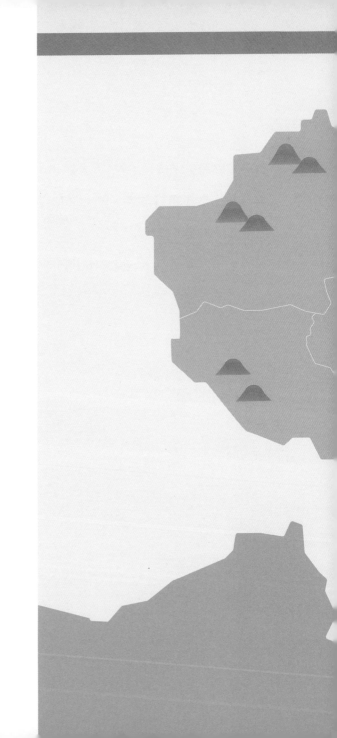

第一遊——春秋時代的魯國

進入

取消

《論語》四則 《論語》

原文

子[1]曰:「學而時[2]習[3]之,不亦說乎[4]?有朋[5]自遠方來,不亦樂乎?人不知而不慍[6],不亦君子[7]乎?」

子曰:「學而不思則罔[8],思而不學則殆[9]。」

子曰:「溫故[10]而知新,可以為師矣。」

子曰:「三人[11]行,必有我師焉[12],擇其善[13]者而從[14]之,其不善者而改之。」

【注釋】

1. 子:古時對男子的尊稱,此處指孔子。

2. 時:按時。

3. 習:有溫習和實習兩解。前者指書本知識的複習;後者則偏重禮、樂、射、御各種本領的演習。這裏兩種意思兼而有之。

4. 不亦說乎:不也很快樂嗎?「不亦……乎」,表示反

問的句式。說：⑧ jyut6（悅）⑱ yuè。「快樂」的意思，後來寫作「悅」。

5. 朋：同門曰朋，同志曰友。朋可兼同門及同志二者，本章俱談及學習有關的問題，故此句朋字宜解作「志趣相投的同窗好友」。有朋：一作「友朋」。

6. 慍：⑧ wan3（溫三聲）⑱ yùn。生氣、埋怨。

7. 君子：道德高尚而有學問的人。

8. 罔：⑧ mong5（妄）⑱ wǎng。通「惘」，迷惑的樣子。一解為「（被）欺騙」。對書本的學問不能徹底理解。

9. 殆：⑧ toi5（怠）⑱ dài。疑惑。對所思的問題感到迷惑而無法解決。

10. 故：舊的，指學過的東西。

11. 三人：這裏是幾個人的意思，「無三不成幾」不是定指三個人，「三」是虛數。

12. 焉：在這中間。

13. 善：優勝的地方。

14. 從：跟從。

唐向文問：「這四句話，如果用今天的文字來解讀，是怎麼樣的呢？」

何巧敏說：「馬上請《小學生古文遊》的網絡主持人宋導師來指導吧。」說着，她就按下一個電子鍵，宋導師出現在眼前。

「宋導師您好！」
何巧敏和唐向文一起說。

宋導師點頭道：「歡迎來到春秋時期的魯國遊覽，請看！」

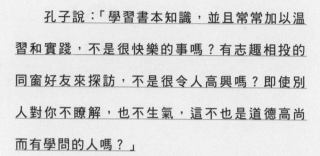

今讀

孔子說：「學習書本知識，並且常常加以溫習和實踐，不是很快樂的事嗎？有志趣相投的同窗好友來探訪，不是很令人高興嗎？即使別人對你不瞭解，也不生氣，這不也是道德高尚而有學問的人嗎？」

孔子說：「如果只是讀書，卻不思考，就會迷惘，對書本的知識難以理解；但光是思考而不學習，就會產生疑惑，更加危險。」

孔子說：「溫習學過的知識，可以有新的體會，不斷更新，不斷進步，可以成為老師。」

孔子說：「幾個人走在一起，其中必然有優秀者可以做我的老師，其優點和長處，值得我跟從和學習；而別人的錯誤和經驗，也可以令我吸取教訓和改善自己。」

唐向文說：「啊，這下子我完全明白了。謝謝您，宋導師！」

何巧敏在旁又說：「我還想請教宋導師，作者孔子是一個怎麼樣的人？」

小寶典

　　孔子（公元前 551—前 479 年），名丘，字仲尼，春秋時期魯國人。當時的魯國，國土範圍主要在當今的山東省，首都就是在山東曲阜附近。

　　孔子是中國古代偉大的教育家、思想家、政治家，儒家學派的創始人。他曾在魯國做過官，後來周遊列國，宣傳他的仁政主張，但最後無功而返。從孔子回國後主要從事教育活動，相傳有弟子三千。此外，他還致力於文化整理，據說他曾編訂《詩》《書》《禮》《樂》《春秋》等典籍。而《論

語》這本書中記載了孔子及他部分弟子的言行，由孔子的弟子和再傳弟子收集編輯而成。有二十個篇章，講到了政治、哲學、教育、倫理、修養等很多方面，集中反映了孔子的思想。書中的文句主要是孔子與弟子間的對話，所以很多都以「子曰」（孔子說）為開端，是語錄體的散文。宋代以後，這本書和《孟子》《大學》《中庸》合稱「四書」，是讀書人考科舉必讀的課本。

何巧敏和唐向文一起說：
「謝謝宋導師指教！」

宋導師揮揮手：
「不用謝。你們還要繼續留意學習，以下，我給大家一些小小的提示。」

小提示

　　孔子認為學習是快樂的事情，並且指出學習的正確方法是反覆温習和鍛煉，才能鞏固所學。至於待人方面，有朋友從遠方來探訪，自然感到高興；但遇到不瞭解自己的人，也不抱怨，這樣才可以稱得上是君子。

　　孔子又以自己的切身體會，總結出「學」和「思」之間的關係，指出兩者應當並重，缺一不可。又特別強調知識的更新是温習，在這過程中能有新的體驗。不斷更新知識，「温故」和「知新」，其實是相輔相成的。同時，人不僅要自書本中學習，還要向身邊的人學習。幾個人走在一起，他們身上必定有值得我們借鑒的地方。所以，我們既要從正面學習別人的長處，也要從別人的錯誤中汲取教訓。

　　總的來說，孔子的這四則言論，很詳細地教導了學習的正確方法，就是：

　　第一，「學而時習之」，學了之後，一定要按時重温，經常練習，這樣才能鞏固知識，提高能力。

　　第二，「學」與「思」互相結合。學習時要思

考，在思考中學習，二者相互促進。

第三，「温故知新」。通過温習，對舊知識加深理解，熟練掌握，為學習新知識打下基礎，也可從中得到新體會。這種「推陳出新」的學習方法，會取得事半功倍的效果。

第四，孔子認為，對自己要加強身心修養，愛護自己的朋友，即使別人對自己不瞭解而產生誤會，也不能因此惱火。還要牢記「三人行，必有我師焉」，要善於向他人學習。

在《論語》裏，孔子論學的地方很多，這裏只選了其中一小部分。但即使從這幾則短短的文字也可以看出，孔子的觀點至今仍然具有深刻的意義，對我們有着很大的啟發作用。

小分享

1. 有沒有想過，你平時的學習方式是怎樣的？會常常溫習嗎？

2. 當你溫習功課的時候，喜歡獨自溫習還是與其他同學一起溫習呢？為甚麼？

3. 你有要好的同學嗎？他們有甚麼優點或長處是值得你學習的？

4. 試想一下，如果孔子是你的老師，你想向他學習些甚麼？

5. 用「溫故知新」造一個句子。

古文遊準備出發!

　　自從經過上一次的學習之後,唐向文對《小學生古文遊》產生了極大的興趣。這一天,他和何巧敏又在圖書館附近的休憩公園裏見面了。

　　唐向文說:

　　「上一次的古文遊有趣又有益,我還想去看看新的作者和學習新的篇章呢。」

　　何巧敏從書包裏拿出《小學生古文遊》的電子書,打開來,說:

　　「好吧,現在你好好看着,別眨眼,我們這次要去春秋戰國時代學習墨子的至理名言。」

　　唐向文立即專注地閱讀起來 ——

第二遊——春秋戰國時代
的魯國

進入
取消

原文

染絲　《墨子》

子[1]墨子言[2]見染絲者[3]而歎曰：「染於蒼[4]則蒼，染於黃則黃。所入者變[5]，其色亦變。五入必[6]，而已則為五色矣。故染不可不慎也。」

非獨染絲然[7]也，國亦有染[8]。

【注釋】

1. 子：古時對男子的尊稱。

2. 言：在此無義。

3. 染絲者：漂染絲線的人。

4. 蒼：青色。

5. 所入者變：絲所投入的染缸顏色不同。

6. 五入必：染完了五次。必：通「畢」，完成。

7. 然：這樣。

8. 有染：也如染布一樣。

唐向文問：「這段古文，如果用今天的語言來解說，是怎麼樣的呢？」

何巧敏說：「馬上請《小學生古文遊》的網絡主持人宋導師來指導吧。」說着，她按下一個電子鍵，宋導師出現在眼前。

「宋導師您好！」

宋導師點頭道：「歡迎來到春秋時代的魯國遊覽，請看！」

今讀

看到染布匠在漂染蠶絲，墨子有感而發，說：「青色的染料把蠶絲染成青色，黃色的染料把蠶絲染成黃色，染料的顏色改變，絲的顏色也會跟着改變。而五次染色之後，絲就會變成五種顏色。所以，漂染過程不能不小心謹慎。」不僅染絲是這樣，管治國家也是同樣的道理。

唐向文說：「嗯，我懂了。還想請教宋導師，作者墨子是一個甚麼樣的人，他的代表著作是甚麼呢？」

小寶典

　　墨子（公元前 468？—前 376 年）名翟（dí），魯國（今山東省曲阜縣一帶）人，是歷史上唯一平民出身的著名思想家，有「布衣之士」的稱號。他創立了墨家學派，是春秋戰國時代的著名思想家，提出「兼愛」的理論，提倡人人相親相愛，不應有親疏貴賤的分別。同時，他又主張簡樸節儉，反對繁文縟節；主張勤勞刻苦，反對聲色逸樂。

　　《墨子》一書，是墨家學說的經典著作，漢代的時候有七十一篇，但如今存留的只有五十三篇，其中彙集了墨子的弟子和後學對墨子思想的記錄。

　　《墨子》的文章語言樸素，而且邏輯性很強，很有說服力。這次我們所讀的墨子文章，是選自《墨子・所染》。

何巧敏和唐向文一起說：
「謝謝宋導師指教！」

宋導師揮揮手，說：
「不用謝。你們還要繼續留意學習，以下，我給大家一些小小的提示。」

小
提
示

　　墨子善於從生活的普遍現象中，發現看似簡單，但其實具有深義的道理。

　　比如這篇文章描述墨子看見人染絲，很感慨地說：「雪白的蠶絲投進青色的染缸，變成了青色；投進黃色的染缸，變成黃色。染缸的顏色不同，蠶絲的顏色也隨着改變。蠶絲染了五次，它的顏色就會改變五次。因此，染絲的時候，不能不小心謹慎

啊！」此外，《墨子》還指出，不僅染絲是這樣，管治國家也是類似這樣的道理。

後來的人引用這一經典，把社會與人生比喻為「大染缸」，就是指環境對於改變人的性格品質，會起到極為重要的作用。人的思想本是純潔的，但是，光怪陸離的社會環境，就像五顏六色的大染缸。所謂「近朱者赤，近墨者黑」，我們要經常與品德高尚、追求上進的人相處，向他們學習，才能不斷提高自身的素質；否則誤交損友，後果便不堪設想了。

墨子指出：「染於蒼則蒼，染於黃則黃」；又說「所入者變，其色亦變」，反覆強調一個「變」字。這無論對做人和治國，都有一定啟發作用。

小分享

1. 為甚麼說人生、社會像是一個「大染缸」呢？

2. 你和別人交朋友時會注意選擇友人嗎？你喜歡和甚麼樣的同學做朋友？

3. 你有沒有模仿心目中偶像的言行？你認為值得那樣做嗎？為甚麼？

4. 試用你自己在生活中看到的例子，來說明一下「染於蒼則蒼，染於黃則黃」的道理。

古文遊準備出發!

　　這天,唐向文看見何巧敏坐在公園的一角,正打開《小學生古文遊》的電子書,全神貫注地看着。便放輕腳步,走了過去。

　　這時,何巧敏察覺到了,抬起頭問他:「咦,你怎麼這麼早就來了?」

　　唐向文說:「我實在等不及了!巧敏,你比我來的更早啦!難道要提前出發去古文遊嗎?現在究竟『遊』到哪裏了?快快讓我看看嘛!」

　　何巧敏笑了笑,舉起電子書,說:「你急甚麼呀?我又不是不等你一起出遊!你自己看看再說吧。」

　　唐向文瞪大雙眼,看到上面顯示出的文字 ──

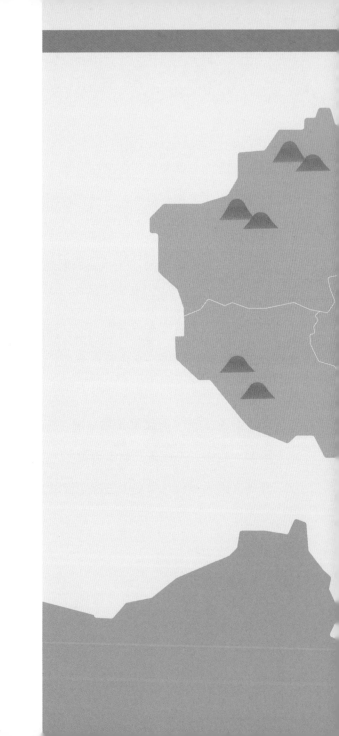

第三遊——春秋時代的宋國

⭕ 進入

❌ 取消

左傳

原文

不貪為¹寶 《左傳》

宋人或²得玉，獻諸³子罕⁴。子罕弗受。獻玉者曰：「以示⁵玉人⁶，玉人以為寶也，故敢獻之。」子罕曰：「我以不貪為寶，爾⁷以玉為寶，若以與我⁸，皆喪⁹寶也。不若人有其寶。」

左傳

【注釋】

1. 為：粵 wai4（圍）；普 wéi。「把……作為」，認為的意思。

2. 或：有人，有的人。

3. 獻諸：獻之於。諸：是「之於」的合音。

4. 子罕：春秋時宋國貴族，名樂喜。

5. 示：展示給人看。

6. 玉人：雕琢玉器的工人。

7. 爾：代詞，「你」的意思。

8. 若以與我：如果把玉給我。若：如果。以：把。與：給。

9. 喪：失去。

唐向文搔搔頭說：「哦，這是《左傳》的文章，如果用現在的語言，應該怎麼樣解讀呢？」

「馬上請《小學生古文遊》的網絡主持人宋導師來指導吧。」說着，何巧敏按下一個電子鍵，宋導師出現在眼前。

「宋導師您好！」
何巧敏和唐向文一起說。

宋導師點頭道：
「歡迎來到春秋時代的宋國遊覽，請看！」

今讀

　　這是一個有關獻寶的故事，說的是宋國有人把一塊寶玉獻給子罕，但子罕不肯接受。

　　獻玉人解釋說，他曾經把那塊玉給玉工看過，證明是難得的珍品，所以才敢獻給他。

　　子罕卻認為，不貪圖財物的品德，對他來說才是最寶貴的。而獻玉人把那塊玉當做寶物。如果他把玉收下的話，那麼，雙方都會失去自己最珍貴的東西。與其這樣，還不如就各自保有自己的寶物好了。

唐向文說：「好，我明白了。這個故事證明子罕不貪圖寶物，品格真高尚啊！」

宋導師說：「歷史上的子罕，的確是為人寬厚，體恤百姓的君子。這一篇文章，就是描寫他不同流俗的見解和不收取饋贈的行為，凸顯了他的操守和品德。」

何巧敏說：「真好啊。宋導師，我還想向您請教，《左傳》是一本甚麼樣的著作？是甚麼人寫的呢？」

小寶典

《左傳》，又名《春秋左氏傳》，相傳是春秋時魯國史學家左丘明所撰寫的，大約在戰國初年編訂成書，它的內容主要是解釋孔子所著的《春秋》。同樣是逐年記述春秋時代魯國二百多年的歷史事件，《春秋》對有關事件只作簡單交代，《左傳》則善於描寫細節，而且寫得富有戲劇性，在一定程度上生動地反映了那個時代的面貌。

不過，根據後來的研究，《左傳》的作者可能不止一個人。全書記事詳明，重點突出，有條不紊，是一部優秀的文學作品。

這一篇文章，是選自《左傳・襄公十五年》。

何巧敏和唐向文看罷，一起說：
「原來是這樣，謝謝宋導師指教！」

小
提
示

宋導師揮揮手：

「不用謝。你們還要繼續留意學習，以下，我給大家一些小小的提示。」

《左傳》中記載的這個寓言故事，是圍繞着「獻玉」的事件而展開的。通常在人們的眼中，寶玉是非常難得的貴重物品，子罕卻不願意接受。為甚麼子罕會這樣做呢？不禁令人想瞭解其中的原因。

文章接着通過寫出獻玉者和子罕二人對寶物的不同看法，更突顯了子罕輕視財物，注重個人品德的高尚情操。他拒絕了價值連城的寶玉，反而證明了他是個配得上寶物的、品格正直的難得君子。

這節文字先敍述事件，再記錄對話，簡潔明瞭，將獻玉人和子罕之間的言談，生動、傳神地描寫出來，從中可以看到人物不同的性格、地位和心理。尤其是子罕委婉含蓄地回絕了獻玉人的饋贈，一句「不若人有其寶」，說得明智又得體，既不損獻玉人的面子，亦保存了自己的美德。

小分享

1. 你覺得子罕拒絕接受獻玉做得對嗎？為甚麼？

2. 你認為世界上甚麼才是最寶貴的東西？為甚麼？

3. 財寶和品德相比較，你認為哪一方面更重要？原因是⋯⋯

4. 和同學們討論一下，你們各自保有一些甚麼寶物？願意互相交換嗎？為甚麼？

古文遊準備出發！

　　這個星期六下午，唐向文按照約定的時間，和何巧敏到學校的閱覽室，一起學習古文。

　　「我們現在出發去古文世界遊覽，你有甚麼好地方介紹嗎？」

　　唐向文問。

　　何巧敏拿出電子書，打開了，說：

　　「你看看就知道了。」

　　唐向文看着上面的文字，讀了起來 ——

第四遊——戰國時代的宋國

○ 進入

✕ 取消

原文

揠[1]苗助長　《孟子》

宋[2]人有閔[3]其苗之不長而揠之[4]者，芒芒然歸[5]，謂其人[6]曰：「今日病[7]矣！予[8]助苗長矣！」其子趨[9]而往視之，苗則槁[10]矣。

【注釋】

1. 揠：（粵）aat3（壓）；（普）yà。「拔」的意思。

2. 宋：春秋時諸侯國名。

3. 閔：（粵）man5（敏）；（普）mǐn。古文通「憫」，憂慮、擔心。

4. 揠之：拔禾苗。之：代詞，「它」的意思，指禾苗。

5. 芒芒然歸：疲倦不堪地回家。芒芒：（粵）mong4（忙）；（普）máng。古文通「茫茫」，原意為模糊不清，這裏引申為疲倦的樣子。

6. 謂其人：對他的家人說。謂：對……說。其人：指文中宋國人的家人。

7. 病：疲倦。

8.　予：我。

9.　趨：快步行走。

10.　槁：粵 gou2（稿）；普 gǎo。枯死。

　　唐向文說：「從字面上看，這篇文章似乎有些深了。如果用今天的語言來解讀，是甚麼意思呢？」

　　何巧敏說：「馬上請《小學生古文遊》的網絡主持人宋導師來指導吧。」說着她按下一個電子鍵，宋導師出現在眼前。

　　「宋導師您好！」
　　何巧敏和唐向文一起說。

宋導師點頭道：

「歡迎來到戰國時代的宋國遊覽，請看！」

只見屏幕一閃，出現了一系列文字 ——

今讀

　　這是一個寓言故事。故事發生在宋國，有一個人嫌田裏的禾苗長得太慢，於是他不管三七二十一，動手一棵一棵地把它們拔高。

　　忙完之後，他疲憊不堪地回到家中，自以為是地對家人誇耀說：

　　「我今天雖然累壞了，但卻幫助禾苗長高長快了呢！」

　　他的兒子聽過之後，急忙趕過去看，發現「長高」的禾苗全都枯萎了。

唐向文說：「謝謝宋導師指教，我現在明白了。」

何巧敏說：「很多人都會說『揠苗助長』這一個成語，原來出處就是這個寓言故事呀？」

宋導師說：「正是，由於這篇文章廣為流傳，所以，『揠苗助長』亦成為許多人常用的成語。」

唐向文恍然大悟地說：「原來是這樣的啊，這個寓言故事表達的道理並不深，是所有讀者都應該懂得的。宋導師，我很敬佩這篇文章的作者，他究竟是一個甚麼樣的人呢？」

小寶典

　　孟子（公元前 372？—前 289？年），名軻，字子輿，戰國時代鄒（今山東省鄒城東南）人，政治家和思想家，也是師承孔子之孫的門人。他曾周遊列國，游說諸侯施行仁政，但並不成功，於是回到故鄉，講學著書。孟子是繼孔子後的儒學大師，後世常以「孔」「孟」並稱，認為他在儒家的地位僅次於孔子，因此又尊稱他為「亞聖」。

　　《孟子》是一部記錄孟子思想和言論的書，共七篇，每篇分上下兩章。每篇都取第一章第一句的幾個字作為篇名。《孟子》體裁與《論語》相同，亦是語錄，但《孟子》書中有較多長篇文字，包括答問、對辯、寓言、設譬等等。書中各篇文章文辭尖銳，推理明晰，比喻生動，表達出孟子憂國憂民的思想感情，以及推崇仁義的堅定信念。後來《孟子》也成為中國古代士人必然要讀的書。

　　本文選自《孟子・公孫丑（上）》。

何巧敏和唐向文一起說：
「原來是這樣，謝謝宋導師指教！」

宋導師揮揮手說：
「不用謝。你們還要繼續留意學習，以下，我給大家一些小小的提示。」

小提示

　　孟子善用寓言來闡述他想表達的道理，這種方式既生動形象，又能吸引讀者，令他們加深對道理的理解。這一篇文章，就是通過一個簡短故事，說出「急於求成，適得其反」的道理：

　　故事講述宋國有一個人，嫌田裏的禾苗長得太慢，於是便把它們一棵一棵拔高，揠苗助長。本來，他的願望是好的，要把那麼多禾苗一一拔高也費了很多功夫和力氣，但問題是他違反了禾苗生長的自然規律。他不顧一切，硬把禾苗拔高，不但不

能幫助禾苗生長，反而傷害了禾苗，實在是很愚蠢的。這故事比喻做事若不理會事物發展的規律，只顧個人願望，強求速成，縱使辛勤努力，結果也是事倍功半，甚至最終失敗。

這個寓言故事，不但能確切地說明事理，而且描寫人物鮮明生動、細膩逼真。例如寫宋人拔苗拔了一整天，「芒芒然歸」，從他踏着疲乏的腳步歸家的樣子，讀者便可以想像他整天在田裏是如何辛辛苦苦地工作。最精彩的還是宋人對家人說的話和他兒子的反應，「今日病矣，予助苗長矣」，這兩句話反映宋人自以為是、沾沾自喜的心態；但是他兒子一聽他說的話就趕緊跑去田裏看了，小孩子都知道拔苗助長對禾苗有害，做父親的卻不知道，更凸顯他的行為是多麼的愚昧無知。

本節文字淺白簡潔，語言生動，可以說是言簡意賅，寓意深遠。這是《孟子》一則廣為人知的寓言，令「揠苗助長」成為了人們常常會用的成語。

小分享

1. 你有沒有栽種過植物？你的家人和朋友呢？怎樣才可以令植物長得快？可以從中瞭解和交流一下相關的經驗或教訓。

2. 小明平時不會溫習，成績只是一般。但由於他希望在第二天的比賽中獲獎，所以通宵準備，疲憊不堪。你認為他這樣做對嗎？為甚麼？

3. 你有沒有做事時只顧個人的願望，而使用速成的方法呢？結果是怎樣的呢？可告訴大家，互相分享一下。

4. 試用「揠苗助長」這一成語造句或寫一段話。

古文遊準備出發！

這天放學之後，唐向文看到何巧敏正拿着一本《孟子》，便說：

「哈！原來你在偷偷用功呢。」

何巧敏說：

「你胡說甚麼呀？我一向做人行事光明正大，才不會偷偷地做甚麼東西的！現在只是覺得孟子這位孔子學說的繼承者、『亞聖』大師寫的書內容豐富，很善於用故事來說明道理，而且寓意深刻，值得一讀再讀，所以準備學習更多一些。」

唐向文說：

「哈，我上次讀過他的一篇著作，其實也有這樣的感覺，還想再去那一片古文天地遊一遊。我們不如現在就再出發去那個領域看看吧。」

何巧敏點點頭，拿出《小學生古文遊》電子書，打開了，說：

「好吧，你先讀讀這一篇。」

唐向文看着屏幕，讀了起來——

第五遊——戰國時代的鄒城

二子學弈[1] 《孟子》

　　弈秋[2]，通國[3]之善弈者也。使弈秋誨[4]二人弈，其一人專心致志[5]，惟弈秋之為聽[6]。一人雖聽之，一心以為有鴻鵠[7]將至，思援[8]弓繳[9]而射之，雖與之俱[10]學，弗若之[11]矣。為[12]是[13]其智弗若與[14]？曰[15]：「非然[16]也。」

【注釋】

1. 弈：（粵）jik6（亦）；（普）yì。下棋。

2. 弈秋：一位名叫「秋」的棋藝高手。中國古代稱名有一種習慣，掌握某些技藝的人在名字之前往往冠以其職業名稱。

3. 通國：全國。

4. 誨：教導。

5. 致志：集中意志。

6. 惟弈秋之為聽：只聽弈秋的話。「惟……之為聽」是「只聽……」的意思，這是古代漢語強調賓語時所用

的一種句式。

7. 鴻鵠：俗稱天鵝。鵠：粵 huk6（酷）；普 hú。

8. 援：以手牽引、握持。

9. 弓繳：弓箭的意思。繳：粵 zoek3（雀）；普 zhuó。
有絲線繫在桿尾的箭，射鳥用。箭桿上因有絲繩，飛
出時絲繩會作圓周擺動，能纏繞飛鳥，以便捕捉。

10. 俱：共同、一起。

11. 弗若之：不如他。之：代詞，「他」的意思，指那個
專心致志的人。

12. 為：因為。

13. 是：指示代詞，「這」的意思。

14. 與：通「歟」，疑問語氣詞，相當於「嗎」。

15. 曰：答道。以下「非然也」三字，是作者自問自答的
話。

16. 非然：不是這樣。

　　唐向文說：「這篇文章寫的也是一個寓言故
事吧，應該怎麼樣用現代的語言去解讀呢？」

何巧敏說:「馬上請《小學生古文遊》的網絡主持人宋導師來指導吧。」說着,何巧敏按下一個電子鍵,宋導師出現在眼前。

「宋導師您好!」
何巧敏和唐向文一起說。

宋導師點頭道:
「歡迎來到戰國時代的鄒城遊覽,請看!」

這個故事說的是一位聞名全國的棋手弈秋，棋藝高超，他收了兩個徒弟，同時教導他們下棋。其中的一個非常專注地聽着，老師說甚麼都記在心裏；另一個卻人在心不在，暗地裏偷偷地盤算着，等會兒可能有天鵝飛過來，要怎樣用弓箭去射殺牠。結果，不專心學習的那個徒弟，自然學得不如那個專心致志的徒弟了。這是他的智力不及別人嗎？其實並不是這樣的。

　　唐向文說：「謝謝宋導師，這麼一解說，我就明白了，孟子用這個故事告訴我們一個道理，那就是無論做甚麼事情都要專心一意，如果三心兩意，肯定會做得不好。」

何巧敏說：「是啊。記得我們上次也學習過孟子的著作，宋導師也向我們介紹過孟子的生平。現在不如再補充一下有關的資料吧。」

小寶典

《**孟子**》七篇，篇名分別為《梁惠王》《公孫丑》《滕文公》《離婁》《萬章》《告子》《盡心》。它和《論語》《大學》《中庸》合在一起稱為「四書」。

孟子的思想，分為屬於政治哲學的「仁愛觀點」，以及屬於人生哲學的「性善論」。

「性善論」日後成為儒家的一種重要觀念，對後世影響很深。《三字經》的第一句，就是教育兒童「人之初，性本善」。

孟子在冶國方面，提出了「民為貴，社稷次之，君為輕」的「民本思想」，宣揚仁政和王道，也對後世產生了深遠的思想影響。

宋導師說:「嗯,不錯。孟子的主要著作《孟子》,體裁與《論語》相同,也是語錄,但就比較多長篇的文字,尤其是以議論著稱,推理明晰,詞鋒銳利,比喻生動,對後世的散文有極大影響。你們剛剛學習的這一篇文章,是選自《孟子‧告子(上)》。以下,我給大家一些小小的提示。」

小提示

　　孟子這篇文章,用十分具體生動的故事,來告訴我們一個學習的道理:

　　兩人同時跟一個老師學習,智力相等,但結果卻截然不同,主要原因就在於兩人學習態度不同,由此可見,學習時「專心致志」是多麼重要。故事中著名棋手弈秋的兩個學生,雖然向同一位名師學習,卻抱着兩種截然不同的學習態度,二者形成鮮明的對比:一個是「惟弈秋之為聽」,達到了非常專心的程度;另一個則三心二意,又聽課,又想射天鵝,不肯專心學習。後一個學生的成績不及前一個,那是必然的了。

　　「一心以為鴻鵠將至」這句話，後來也在人們日常的語言中被廣泛使用。它被化用為「鴻鵠將至」這個成語，本意指學習不專心，之後也具有「將有所得」的意思。

　　文章最後，作者先自問自答，後用「非然也」三字排除了兩個學生智力差異的可能，正面答案不言自明，給讀者的印象更加深刻。

小分享

1. 設想一下，如果上課不專心會有甚麼後果？為甚麼？

2. 如果做一件事情不專心，比如司機一邊開車一邊講電話，會有甚麼樣的後果呢？談談你的看法。

3. 學生要怎樣學習，才可獲取好成績？你可以和同學一起討論一下這個問題。

又是一個星期六的下午。

按照約定的時間，唐向文和何巧敏在圖書館附近的休憩公園裏見面了。

唐向文迫不及待地問：

「這次的古文遊，我們要到哪裏去呀？」

何巧敏笑着說：

「你真性急，等着看吧。」

說着，何巧敏拿出電子書，打開了。

唐向文瞪大雙眼，看着上面顯示的文字，讀了起來 ——

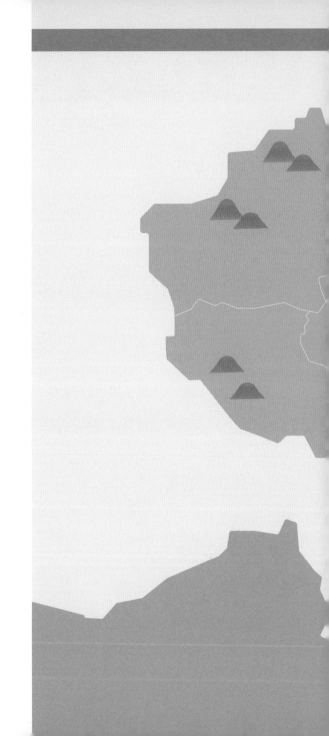

第六遊——戰國時代的越國

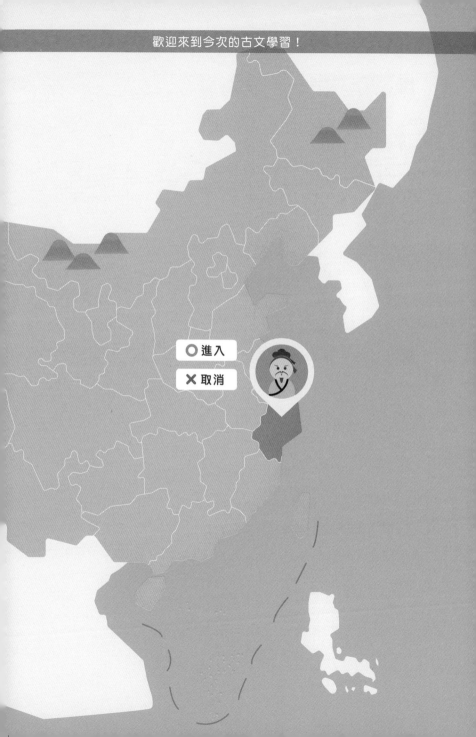

〇 進入

✕ 取消

原文

東施效顰 [1] 《莊子》

西施病心 [2] 而顰其里 [3]，其里之醜人見而美之 [4]，歸亦捧心 [5] 而顰其里。其里之富人見之，堅 [6] 閉門而不出；貧人見之，挈 [7] 妻子 [8] 而去之走 [9]。

彼 [10] 知顰美而不知顰之所以 [11] 美。

【注釋】

1. 顰：（粵）pan4（頻）；（普）pín。皺眉頭。

2. 病心：心有毛病。

3. 里：古時居民聚居之地，相當於後來的「村」。

4. 美之：認為西施皺眉的樣子很美。美：這裏作動詞，表示「認為……很美」。之：此處指西施皺眉的樣子。

5. 捧心：用手按着胸口，顯示不適。

6. 堅：緊緊地。

7. 挈：（粵）kit3（揭）；（普）qiè。帶領。

8. 妻子：妻室和子女。

9. 去之走：離開村子逃走。之：代詞,「這裏」的意思,此處指村子。

10. 彼：她,指東施。

11. 所以:為甚麼。

何巧敏說:「看到了吧?這是講古代美人西施和醜女東施的故事。」

唐向文說:「這個故事裏,有西施,又有東施,似乎很有趣,到底文章中說的西施是甚麼人?她和東施又有甚麼關係呢?我們現在應該怎麼解讀呢?」

何巧敏說:「馬上請《小學生古文遊》的網絡主持人宋導師來指導吧。」

說着,就按下一個電子鍵,宋導師出現在眼前。

「宋導師您好!」
何巧敏和唐向文一起說。

宋導師點頭道:
「歡迎來到戰國時代的越國遊覽,請看!」
只見屏幕一閃,出現了一系列文字 ——

　　傳說美女西施有胸口痛的毛病，常常會在村裏看見她緊皺着眉頭，按着胸口走着。住在村子東面的一個醜女東施，見到她這個樣子，認為這樣做就會非常好看，因而回去以後，也學着她用手按着胸口、皺着眉頭在村裏走。村裏的人見到東施醜態百出，以為看到怪物，有錢的村民嚇得將大門關得緊緊的不敢出來，貧窮的村民就帶領着妻子兒女離開村子，躲到別處去了。

　　東施只知道西施皺着眉頭的樣子很美，卻不知道她美的原因。

唐向文說：「謝謝宋導師指教！我明白了。這個故事很有意思，說起來，我也好像聽別人講過『東施效顰』這個成語，原來是這麼回事。」

何巧敏說：「宋導師，在歷史上也有美女西施這個人吧？這篇文章的故事背景是甚麼呢？」

唐向文在旁聽了，急忙說：「這個我也想知道。另一方面，還想瞭解一下寫這篇文章的作者莊子是甚麼樣的人？」

宋導師一揮手，再向他們展示 ——

戰國時代，越國和吳國打仗，越國被吳國打敗了。越王勾踐想找美女獻給吳王夫差，用美色誘惑他。聽說西施的美貌，於是越王就選中了她。越王勾踐命樂師教西施歌舞儀態，過了三年，讓大夫范蠡帶着西施去吳國，把西施進獻給吳王。吳王見西施貌美，心花怒放，對她十分寵愛。

夫差自從有了西施以後，就常常與她一起四處遊玩，不再理會朝政。這使勾踐有足夠的時間休養生息，東山再起。最後越兵打敗吳國，一雪前恥。在爭霸中落敗的夫差自殺，吳國滅亡。

吳國滅亡之後，大夫范蠡不要越王的封賞，他趁着夜色帶西施悄然離去，自此不知所終。

這篇文章的作者是莊子（公元前 369？— 前 286 年），名周，字子休，宋國蒙（今河南省商丘縣東北）人。他是戰國時期著名的思想家，大概和孟子是同一時期的人。莊子是道家學派的代表人物，他極端厭惡當時混亂的社會，鄙棄那些虛偽的行為，主張人應當返樸歸真，按照大自然賦予人

的自然本性去生活。他崇尚自然之美，反對一切人為雕飾。莊子的哲學，有很多精闢的見解，直到今天，依然能夠啟迪人們的思想。

《莊子》一書記載了莊子及其後學的思想和著述，是道家的經典著作，全書現存三十三篇，一般認為「內篇」的七篇是莊子所作，其餘是他的門人或後學所作。這些文章富有浪漫主義色彩，想像豐富，機智幽默，文字優美，具有很強的感染力，因此，在先秦諸子散文中獨具一格，對後世有很大的影響。

本文選自《莊子・天運》。

何巧敏和唐向文一起說：
「原來是這樣，謝謝宋導師指教！」

宋導師揮揮手：
「不用謝。你們還要繼續留意學習，以下，我給大家一些小小的提示。」

小提示

　　這篇文章通過描寫東施拙劣地效仿別人，卻適得其反的故事，說明了不應盲目模仿的道理。

　　西施是中國傳說中的一位絕色美女。據說西施名叫施夷光，是春秋末期越國人。她的家鄉苧蘿村，分為東西兩面，而村中的人大多數姓施，施夷光住在西村，所以大家都叫她西施。住在東村的一個施姓姑娘就叫做東施。

　　西施是絕代佳人，即使在胸口痛而緊皺眉頭之時，也掩蓋不住她的美。容貌很醜的東施不知西施的美是天生麗質，誤以為是因「顰」而美，故而依樣效顰，結果醜態畢現，把人們都嚇跑了。應該說，東施希望自己變美的想法是無可厚非的，但學習別人的經驗時，如果像東施那樣，盲目地從表面摹仿，那樣只會弄巧反拙，令人厭惡。

《莊子》的寓言，生動靈活地運用詼諧、謔弄、嘲諷的語言，使讀者從中獲得鮮明、深刻的印象。文中將東施效顰的結果描寫得極其生動：富人見到她「效顰」緊閉門戶；窮人見到她「效顰」落荒而逃。

後人將這個故事概括成「東施效顰」這句成語，它與《莊子》中的其他寓言故事一樣，千百年來廣為流傳，啟迪着無數人的智慧。

小分享

1. 你喜不喜歡模仿一些名人明星的行為、動作或衣着打扮？為甚麼？

2. 你和同學模仿的對象是不是一樣的？有沒有時限和變化？

3. 甚麼叫做「追上潮流」？和大家談談你的看法。

4. 試用「東施效顰」這一成語造句或寫一段話。

古文遊準備出發！

幾天之後，唐向文看到何巧敏，說：

「又是出發去古文遊的時候了，這一次你有甚麼好建議嗎？」

何巧敏笑着拿出電子書，打開了，說：

「你讀讀這一篇荀子的文章吧。」

唐向文看着電子屏幕顯示出來的文字，讀了起來 ——

第七遊——戰國時代的趙國

○ 進入

✕ 取消

原文

勸學（節錄）《荀子》

積土成山，風雨興焉 [1]；積水成淵 [2]，蛟龍 [3] 生焉；積善成德 [4]，而神明自得 [5]，聖心備焉 [6]。故不積頤步 [7]，無以 [8] 至千里；不積小流，無以成江海。騏驥 [9] 一躍，不能十步；駑馬 [10] 十駕 [11]，功在不舍 [12]。鍥 [13] 而舍之，朽木 [14] 不折 [15]；鍥而不舍，金石可鏤 [16]。

【注釋】

1. 「積土」二句：土壤堆積成為高山，就會影響氣候的變化。古人以為風雨是在山谷裏產生的。

2. 淵：深潭。

3. 蛟龍：傳說中能引發洪水的一種動物，似龍而獨角。

4. 積善成德：多做好事，養成良好的品德。

5. 神明自得：自然會獲得聰明智慧。神明：高度智慧。

6. 聖心備焉：具備了聖人所應有的思想品德。

7. 蹞步：一作「跬步」。古代稱跨一次腳為「跬」，跨兩次腳為「步」。蹞：⑭ kwai2（規二聲）；⑪ kuǐ。同「跬」。

8. 無以：沒有辦法。

9. 騏驥：⑭ kei4（其）kei3（冀）；⑪ qí jì。指代良馬。

10. 駑馬：劣馬，跑不快的馬。駑：⑭ nou4（奴）；⑪ nú。

11. 十駕：馬拉車一整天稱一駕，十駕就是拉車十天。

12. 功在不舍：牠（駑馬）的成功在於堅持不懈地努力。舍：⑭ se2（寫）；⑪ shě。停止。「舍」字古文通「捨」，不捨即不停止。

13. 鍥：⑭ kit3（竭）；⑪ qiè。雕刻。

14. 朽木：爛木頭。

15. 折：斷裂。

16. 鏤：⑭ lau6（漏）；⑪ lòu。雕刻。

唐向文說：「這一節古文，如果用今天的語言來解讀，應該是怎樣的呢？」

何巧敏說：「我們馬上請《小學生古文遊》的網絡主持人宋導師來指導吧。」說着，她按下一個電子鍵，宋導師出現在眼前。

「宋導師您好！」
何巧敏和唐向文一起說。

宋導師點頭道：
「歡迎來到戰國時代的趙國遊覽，請看！」

　　泥土不斷堆積成為高山，就會成為風雨蘊釀的地方；水滴不斷匯聚成為深潭，就會成為蛟龍生長的地方。行善佈德，同樣也要點滴積累。只要肯下功夫，不斷為善，養成高尚的品格，自然就會有聰明智慧，達到聖人那樣的道德水平。如果人不是一步一步走，就不可能走千里的遠路；水不是一點一滴積聚，就不可能形成江海。劣馬不停地走十天，牠走過的路程要比千里馬跳躍一次不知遠多少。劣馬能走這麼多路，是因為牠努力不懈。雕刻東西半途而廢，即使爛木頭也刻不斷；要是堅持不停地刻，即使堅硬如金屬和石頭，也一定能刻上花紋。

唐向文說：「謝謝宋導師，我完全明白了。」

何巧敏說：「我還想請教宋導師，寫這些文章的荀子先生，是個甚麼樣的人？他有甚麼主要的著作呢？」

荀子（公元前 313？—前 238 年），名況，戰國時期的趙國（今河北省南部）人。他曾遊學齊國，做過三次祭酒（年高德劭的人擔任的教育類官職，負責主持典禮），後來又在楚國做蘭陵令，並在蘭陵終老。韓非和李斯都是荀子的學生。他是戰國時期儒家學派的一位大師，他認為人性是惡的，需要經過後天不斷學習才能由惡變善，因此特別強調學習的重要性。

　　《荀子》共三十二篇，現存共二十卷，其內容基本上是荀子所作，也有部分可能是由他的弟子記錄而成。荀子的散文長於論辯，內容「重質尚用」，文學性、理論性和政治性在其中得以緊密結合。《荀子》文章剖析事理非常透闢，謹嚴綿密，有很強的邏輯性；語言亦豐富多彩，善用比喻，結構精巧，多排偶句，是很成熟的哲理散文。

　　本文選自《荀子》中的《勸學》篇。

何巧敏和唐向文看完了，一起說：
「原來是這樣，謝謝宋導師指教！」

宋導師揮揮手：
「不用謝。你們還要繼續留意學習，以下，我給大家一些小小的提示。」

這一節古文主要是指出學習應有的態度和方法：學習需要一點一滴地積累，要有不達目的不罷休的毅力。荀子在文中反覆強調學習必須循序漸進，持恆專一，他先以「積土成山」和「積水成淵」作比喻，引出「積善成德」，說明學習要注意積累，只要不斷學習，就會具備聖人的思想品德。接着再從反面設想，指出「不積」就無法「至千里」「成江海」，正反對比，更明確地說明學習是一個不斷積累的過程。最後列舉「騏驥」「駑馬」「朽木」「金石」等正反對比的事物作為例子，反覆解釋成敗的關鍵不在於條件的好壞，而在於是否有堅持不懈，用心專一的態度。

荀子寫的這一節文字，構思十分周密。他講「積善成德」的道理，一節之中，分成三個層次，構思層層深入，語句也層層變化。「積土」「積水」「積德」的一組排比句，正面說明道理。接着，他用了幾組句子去作進一步的解釋說明，比如：「不積蹞步……」和「不積小流……」為一組，從反面立

論；「騏驥一躍……」和「駑馬十駕……」「鍥而舍之，……」和「鍥而不舍，……」從正反兩個方面把有毅力的好處和缺乏毅力的壞處，分析得深入透徹。

《荀子》和其他春秋戰國的作品有一點不同，它喜歡引物連類，舉一反三，通過靈活多樣的設喻，把抽象的道理說得淺顯易懂，具體明白。今天我們常用的很多成語，都化用於《荀子》精到生動的文字，譬如「青出於藍」「兵不血刃」「安如磐石」「博聞強記」「前車之鑒」「後發制人」等，本文中的「鍥而不捨」，便是我們經常用來比喻堅持不懈的詞語。

小分享

1. 有些學生只在測驗和考試前，採取「臨時抱佛腳」的態度去溫習一下，考試完畢就不理會書本了。你覺得這樣真能掌握所學嗎？為甚麼？

2. 你有聽過「世上無難事，只怕有心人。」「只要功夫深，鐵杵磨成針。」這些話嗎？你認為與《勸學》一文的主旨有甚麼相同之處？

3. 試用「鍥而不捨」這一成語造句或寫一段話。

古文遊準備出發！

　　這一天，按照約定的時間，何巧敏和唐向文在休憩公園碰了面。

　　唐向文說：

　　「我覺得我們的古文遊，是越來越精彩了。這一次，我們準備向哪裏進發呢？」

　　何巧敏笑了笑，拿出《小學生古文遊》的電子書，打開了，說：

　　「你讀讀這一篇吧。」

　　唐向文點點頭，即刻用心閱讀電子屏上顯出來的文字──

第八遊——戰國末期的韓國

○ 進入

✕ 取消

原文

曾子[1] 殺豬　《韓非子》

　　曾子之妻之市[2]，其子隨之而泣。其母曰：「女還[3]，顧反[4] 為女殺彘[5]。」

　　妻適[6] 市來，曾子欲捕彘殺之，妻止之曰：「特[7] 與嬰兒[8] 戲[9] 耳[10]。」曾子曰：「嬰兒非與戲也[11]。嬰兒非有知也[12]，待[13] 父母而學者也，聽父母之教。今子欺之[14]，是[15] 教子欺也。母欺子，子而不信其母[16]，非以成教[17] 也。」遂[18] 烹彘也。

【注釋】

1. 曾子：即曾參，春秋時魯國人，孔子的弟子。

2. 之市：到集市上去。之：動詞，「前往，到⋯⋯地方去」的意思。

3. 女還：你回家去。女：粵 jyu5（雨）；普 rǔ。通「汝」。「你」的意思。還：回去。

4. 顧反：回來，指從市上回來。顧字解回首觀看，故顧
   反猶言回來。

5. 彘：🀄 zi6（自）；🀄 zhì。豬。

6. 適：剛剛。

7. 特：不過。

8. 嬰兒：此指小孩。

9. 戲：開玩笑。

10. 耳：罷了。

11. 非與戲也：不能跟（孩子）開玩笑。

12. 非有知也：不懂事。

13. 待：向着，跟着，依靠。

14. 今子欺之：如今您欺騙他。子：您，此指曾子的妻
    子。之：他，此指曾子的兒子。

15. 是：這是。

16. 不信其母：使他不相信自己的母親。

17. 非以成教：不是教育孩子的方法。成教：完成教育。

18. 遂：於是，就。

唐向文看完之後，問：「這一個故事，用現代的語言，應該怎麼樣解讀呢？」

　　何巧敏說：「馬上請《小學生古文遊》的網絡主持人宋導師來指導吧。」電子鍵一按下，宋導師就出現在兩人眼前。

「宋導師您好！」
何巧敏和唐向文一起說。

宋導師點頭道：
「歡迎來到戰國末期的韓國遊覽，請看！」

今讀

　　這是一個生活小故事，說的是曾子的妻子去趕集，兒子哭着也要跟去，她便哄他說：「你先回家，等我回來殺豬給你吃。」

　　妻子趕集回來，曾子果真要動刀殺豬。

　　妻子馬上阻止他說：「剛才不過是跟孩子開開玩笑罷了。」

　　曾子正色道：「小孩不懂事，一切要靠父母引導，你欺騙他，等於是教他騙人。做母親的欺騙兒子，兒子就不會再相信母親。這種事是不能開玩笑的。」

　　曾子於是真的殺了一頭豬，煮豬肉給兒子吃。

唐向文說：「謝謝宋導師，我明白了。我還想請教宋導師，寫這個故事的作者是一個甚麼樣的人？他有甚麼主要的著作呢？」

小寶典

　　韓非（公元前 280？―前 233 年），他是戰國末期的思想家，也是法家主要代表人物。他出身韓國貴族，與李斯同是荀子的學生。秦始皇讀到他的著作，十分佩服。後來秦國攻打韓國，韓王派韓非出使秦國，秦王將他扣留下來。李斯當時已在秦國做官，怕韓非受到重用，影響自己的地位，用讒言陷害韓非，韓非最後在獄中自殺而死，但秦國富國強兵，統一六國的過程，卻一直受到韓非思想的影響。

　　他的主要著作《韓非子》，全書共有五十五篇，十餘萬字。《韓非子》的文章詞鋒銳利，條理分明、嚴密透徹，有很強的說服力；又善用寓言比喻，使得文章更為生動。

我們學習的這一篇文章，是選自《韓非子‧外儲說左（上）》。

唐向文看過以後，感慨地說：「原來是這樣，韓非先生寫得真好啊！其實小孩子最不喜歡被成年人欺騙，真的就是這樣。」

何巧敏說：「是呀，韓非先生強調對孩子的教育身教和言教並重，是非常正確的！當然了，還要謝謝宋導師的指教！」

宋導師揮揮手：
「不用謝。你們還要繼續留意學習，以下，我給大家一些小小的提示。」

韓非運用一則看似平凡的生活故事，說明了教育子女的重要道理：父母必須以身作則，以誠信為本。

　　在這篇文章中，韓非從曾妻的一句戲言寫起，然後寫曾子要為此坐言起行，再引出夫妻有關教育子女的一番對話，結果曾子真的說到做到，為兒子殺豬，烹煮豬肉。這節文字寫得生動簡潔，但又十分細緻，比如寫曾子的妻子要外出時，「其子隨之而泣」，把小孩子纏住母親的情態，寫得栩栩如生；「妻適市來，曾子欲捕彘殺之」，兩句話就鮮明地刻畫出曾子守信重諾、一絲不苟的個性。

　　另一方面，透過對話，作者將曾子和曾妻管教孩子兩種不同的態度表現出來。

　　曾妻對兒子說：「女還，顧反為女殺彘」，反映出很多時候成年人哄小孩的敷衍態度。這類大人，通常會許各種願安撫孩子，但未必全都能實行。

　　後來她對曾子說：「特與嬰兒戲耳。」也證實了這一點。

　　相反，曾子對待子女教育的問題卻極其嚴肅。

他的一番話，說理邏輯性很強，他先提出孩子是從
父母那裏學習為人處事道理的觀點，因此推導出父
母如果欺騙子女，實際上就是教孩子騙人，得出了
家長的言傳身教，會對孩子一生產生影響的結論。
這個故事，把父母教育和子女品德養成的內在因果
關係，分析得十分透徹，合情合理。

小分享

1. 你的父母有沒有承諾只要你的成績好就獎勵你呢？結果是否有兌現？你對此有甚麼想法？

2. 你有沒有和校內高年班的同學交往呢？他們的言行表現，對低年班同學會不會產生影響呢？

3. 你有沒有做過不守信諾的事呢？為甚麼？對比曾子的態度，你和大家談談自已的看法。

古文遊準備出發！

　　星期六的下午，唐向文看到何巧敏就說：

　　「《韓非子》的文章，我越讀越愛讀，韓非讓大人必須以身作則，說到做到絕對不能欺騙小孩，這真是說到我的心裏去了。我還想多讀一點呢。」

　　何巧敏說：

　　「我已經在讀他的另一篇文章了。」

　　唐向文跺腳說：

　　「啊喲，你已經提早出遊了？怎麼不等我一起去？」

　　何巧敏說：

　　「你別着急，我也沒有不等你，你就來先讀一讀吧。」

　　她着，就拿出了《小學生古文遊》的電子書。

　　唐向文看着，讀了起來 ——

第九遊——戰國末期的楚國

○ 進入

✕ 取消

原文

買櫝[1] 還珠 《韓非子》

　　楚人有賣其珠於鄭者，為[2]木蘭之櫃[3]，薰[4]以桂椒[5]，綴[6]以珠玉，飾以玫瑰[7]，輯[8]以羽翠[9]，鄭人買其櫝而還其珠。此可謂善賣櫝矣，未可謂善鬻[10]珠也。

【注釋】

1.　櫝：粵 duk6（讀）；普 dú。匣子。

2.　為：製造。

3.　木蘭之櫃：用木蘭這種香木造的小匣。櫃：當為「櫝」字。

4.　薰：同「燻」，指讓香料的氣味接觸物體，使之沾上香氣。

5.　桂椒：肉桂和花椒這兩種香料。

6.　綴：點綴。

7.　玫瑰：紅色的玉石。

8.　輯：點綴、裝飾。

9.　羽翠：當為「翡翠」。翡翠，綠色的玉石。

10.　鬻：粵 juk6（育）；普 yù。賣。

唐向文讀完之後，問：「這一段文字，用今天的語言，應該怎麼樣解讀呢？」

何巧敏說：「那我們馬上請《小學生古文遊》的網絡主持人宋導師來指導吧。」說着，何巧敏就按下一個電子鍵，宋導師出現在眼前。

「宋導師您好！」

宋導師點頭道：
「歡迎來到戰國末期的楚國遊覽，請看！」

今讀

這是一個寓言故事，說的是戰國時期，楚國有個珠寶商，有一次他得到一顆很珍貴的明珠，想把它賣掉賺一筆大錢。為了吸引顧客，他費了不少心思。他把珠子放在一個用名貴的木蘭香木做的匣子裏。這個匣子不但用肉桂、花椒之類的香料薰得芳香襲人，而且還裝飾了紅色和綠色的寶石，非常漂亮。珠寶商長途跋涉把珠子帶到鄭國去賣。由於匣子裝飾華麗，吸引了許多人，有個鄭國人看中了這個漂亮的匣子，把匣子買了下來，卻不願購買匣中的珠子。這個楚國人可以說是很會推銷匣子，但是卻不懂得推銷寶珠。

唐向文說：「這個寓言故事雖然很短，但卻很有意思。」

小寶典

　　何巧敏說：「就是啊，文章短小精煉，卻說出深刻的道理，這和我們上一次讀過的《韓非子》文章風格一脈相承，我們再補充一點有關的資料吧。」

　　韓非的著作《韓非子》，出名的篇章很多，其中著名的有《孤憤》《說難》《奸劫弒臣》《顯學》《五蠹（dù）》五篇。全書內容體裁豐富，有論說、問答、解注、上書、故事、經傳和辯難七種，最後兩種是韓非的首創。《韓非子》是法家集大成的作品，為君主提供了富國強兵的霸道思想，同時也成為許多典故成語的來源。

宋導師說：「不錯，這一次你們讀到的這篇文章，也是選自《韓非子・外儲說左（上）》。」

何巧敏和唐向文齊聲說：
「宋導師，謝謝您的指教！」

宋導師揮揮手：
「不用謝。你們還要繼續留意學習，以下，我給大家一些小小的提示。」

　　這篇文章，主要是通過一個短小的寓言故事，把「捨本逐末」的道理說得十分透徹，言簡意深。文中辛辣地諷刺了那種做事不分主次、本末倒置的人：寓言在不分主次方面，舉出的例子是楚國的珠寶

商。楚國人本來是想以華麗的匣子來顯示寶珠的貴重，結果事與願違，別人只買他的匣子，不買他的寶珠。而那個鄭國人只被匣子的華麗吸引，卻沒注意到匣子裏的珍珠是更珍貴的寶物，「買其櫝而還其珠」，成為捨本逐末的典型，也是很可笑的。「買櫝還珠」也成為諷刺這種行為的著名成語。在我們日常生活中，這種只注重形式而忽略內涵的事情是現實生活中經常遇見到的。

作者在故事中連用「薰以……」「綴以……」「飾以……」「輯以……」等一連串排比句，詳細描寫楚人不惜工本打造匣子，而於鄭人買櫝還珠的過程則一筆帶過，可謂詳略分明，重點突出。最後所下的結論：「此可謂善賣櫝矣，未可謂善鬻珠也。」更是充滿諷刺的意味，充分表現出韓非散文辭鋒犀利的特色。

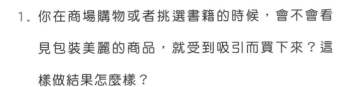

小分享

1. 你在商場購物或者挑選書籍的時候，會不會看見包裝美麗的商品，就受到吸引而買下來？這樣做結果怎麼樣？

2. 小明去上學，他把課本裝飾得很美，挑了最好的文具來使用，卻因為把玩這些東西，沒注意听課，你對此有甚麼看法？

3. 你認為要成為一個外表和內涵都能兼顧的好學生，應該怎麼做？

4. 試用「買櫝還珠」這一成語造句或寫一段話。

古文遊準備出發！

　　這天放學之後，唐向文在校園裏見到何巧敏，她正在一棵大樹下的長椅上坐下，拿出電子書來看。

　　唐向文立刻走上前去，說：

　　「何巧敏，我們這一次的古文遊，是向何方進發？」

　　何巧敏說：

　　「你來看看不就知道了？」

　　唐向文過去看着，讀了起來 ——

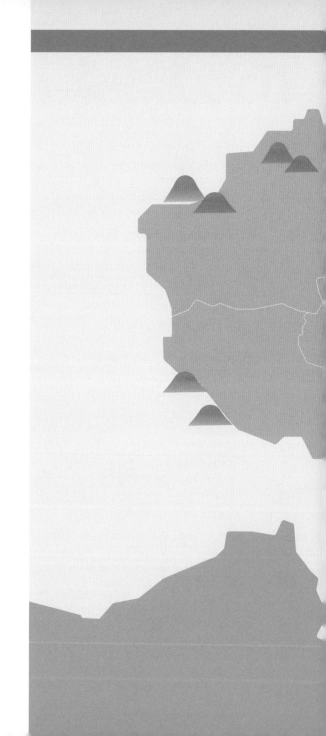

第十遊——春秋初期的齊國

○ 進入

✕ 取消

原文

一年之計 《管子》

一年之計，莫如樹穀[1]；十年之計，莫如樹木[2]；終身之計，莫如樹人[3]。一樹一穫[4]者，穀也；一樹十穫者，木也；一樹百穫者，人也。

【注釋】：

1. 樹穀：種糧食。

2. 樹木：種樹。

3. 樹人：栽培人才。

4. 一樹一穫：種植一次便收穫一次。

「這一節文言文，我們應該怎樣用現代的語言來解讀呢？」唐向文問。

「還是請《小學生古文遊》的網絡主持人宋導師來指導吧。」說着她按下一個電子鍵，宋導師出現在眼前。

「宋導師您好！」
何巧敏和唐向文一起說。

宋導師點頭道：
「歡迎來到春秋初期的齊國遊覽，請看！」

今讀

要為一年作打算，最好種植糧食；要為十年作打算，最好種植樹木；而要為長遠打算，則不如培養人才。耕種農作物，種一次有一次的收穫；種植樹木，種一次有十次的收穫；培養人才，卻可以得到百倍的回報。

唐向文說：「謝謝宋導師，我明白了。」

何巧敏說：「我還想請教宋導師，寫這些文字的作者是一個甚麼樣的人？他有甚麼主要的著作呢？」

小寶典

　　本文是選自《管子・權修》。

　　《管子》全書共二十四卷，原有八十六篇，今存有七十六篇。其內容包含天文、曆數、經濟、農業等知識，也彙集了春秋戰國時代法家、道家、陰陽家、名家、兵家和農家等各學派觀點，是先秦時期治國的經典。後來《四庫全書》把《管子》列入法家類。

　　《管子》所記述的思想主要來自春秋時的思想家、政治家管仲（約公元前 725 – 前 645 年），他本名夷吾，仲為字號，後人尊稱他為管子。管仲認為溫飽是人的基本所需，只有滿足這一點，人民才能生活富裕，國家才能財富充盈，禮儀才能得以發展，政令才能暢通無阻，因此他注重發展經濟和農業，主張改革以富國強兵。

何巧敏和唐向文看完了，一起說：「原來是這樣，管子很了不起啊！我們一定要向他好好學習。謝謝宋導師的教導！」

宋導師揮揮手：「不用謝。你們還要繼續留意學習，以下，我給大家一些小小的提示。」

小提示

《管子》的這一節文字，主要是舉例說明培養人才的重要性。在古代的農業社會，種植穀物，種植樹木，人人都知道這是具有經濟價值的活動；而培植人才的效益比這些活動大百倍，卻很容易被忽略了，這難道不是很奇怪的現象嗎？透過類比的手法，作者先提「樹穀」「樹木」這些生活實例，再引申出「樹人」的道理也是一樣，讓讀者觸類旁通，一目了然。

在這段文章中，有兩組排比句。

第一組是「一年……」「十年……」和「終身……」；

第二組是「一樹一穫……」「一樹十穫……」「一樹百穫……」。

每組句子的文意層層遞進，把道理說得一清二楚，條理分明，令讀者無反駁的餘地，大大增強了說服力。

後人將《管子》這一節文字的意思，濃縮為「十年樹木，百年樹人」這句話，概括地說明培養人才並不容易，卻是長久之計。現代社會十分重視教育，便是這個道理。

小分享

1. 許多父母千辛萬苦也要供兒女讀書，你認為他們為的是甚麼？作為子女，又應該怎樣報答他們呢？

2. 為甚麼說學校與教師「教書育人」的職責非常重大？

3. 你認為政府應該重視教育嗎？為甚麼？

4. 為自己訂下三個簡單的目標：

   （1）一星期的；

   （2）一個月的；

   （3）一個學期的。

   嘗試分析一下三項目標有甚麼關係？

   你會怎樣去達成這些目標？

古文遊準備出發！

這天上完音樂課之後，就放學了。

唐向文在路上遇到何巧敏，聽到她正在哼唱着剛剛學會的歌曲，便說：「很好聽啊！你很喜歡這首歌曲吧？」

何巧敏點點頭說：「當然了，那旋律真優美，就像高山流水似的。」

唐向文說：「高山流水？這句話是用來形容樂曲的嗎？」

何巧敏說：「嘿，你不知道嗎？那就要去古文裏看看了。」

唐向文說：「好啊，好啊，我恨不得馬上就可以去古文裏遊覽呢！快拿出你的古文遊電子書來嘛！」

何巧敏拿出《小學生古文遊》的電子書，打開了，說：

「好好地讀這一篇吧。」

唐向文立即用心閱讀電子屏上顯出來的文字 ——

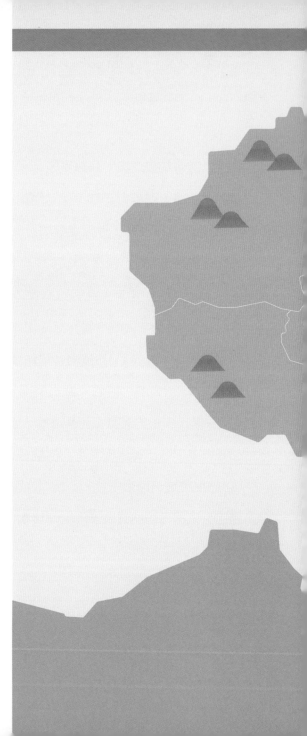

第十一遊——戰國時代的鄭國

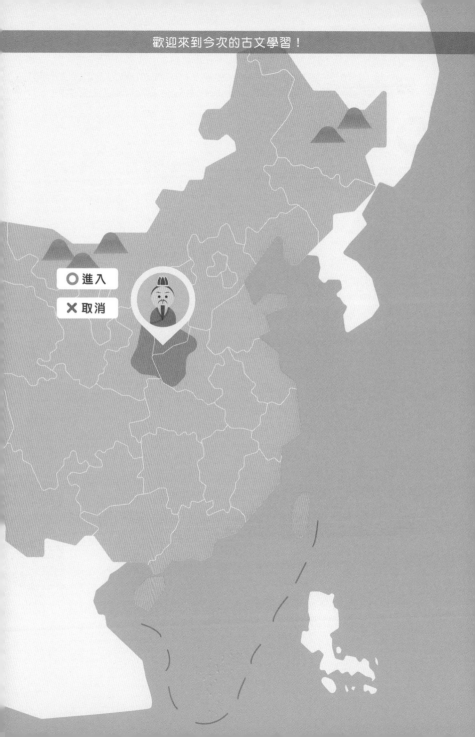

○ 進入
✕ 取消

高山流水　《列子》

　　伯牙[1]善鼓琴[2]，鍾子期[3]善聽。伯牙鼓琴，志[4]在登高山，鍾子期曰：「善哉[5]，峨峨兮[6]若泰山[7]！」志在流水，鍾子期曰：「善哉，洋洋兮[8]若江河！」伯牙所念，鍾子期必得之。

　　伯牙游於泰山之陰[9]，卒[10]逢暴雨，止[11]於岩下，心悲[12]，乃援[13]琴而鼓之。初為《霖雨》之操[14]，更造《崩山》之音[15]。曲每奏，鍾子期輒[16]窮[17]其趣。伯牙乃舍[18]琴而歎曰：「善哉，善哉，子之聽夫志，想象猶吾心也[19]。吾於何逃聲[20]哉？」

【注釋】

1. 伯牙：相傳是春秋時代一位技藝高超的琴師，最初他跟成連先生學琴，三年不成。後來隨成連先生到東海蓬萊山，聽到海水澎湃、羣鳥悲號的聲音，心有所感，忍不住彈琴高歌，從此琴藝大進。

2. 鼓琴：彈琴。

3. 鍾子期：傳說是伯牙的好友，有超羣的音樂鑒賞天賦。

4. 志：所表達的心意。

5. 善哉：多美好啊。哉：語氣詞。

6. 峨峨兮：山勢真高峻啊。兮：🈵 hai4（奚）；🈶 xī。語氣詞，相當於「啊」。

7. 泰山：山名，在今山東省，古人常以泰山為高山的代表。

8. 洋洋兮：水勢真浩大啊。

9. 陰：指山的北面。

10. 卒：🈵 cyut3（撮）；🈶 cù。通「猝」，突然。

11. 止：歇息。

12. 心悲：心中有所感觸。

13. 援：拿過來。

14. 《霖雨》之操：《霖雨》，琴曲名，描寫陰雨連綿不斷。操：琴曲的一種，曲調淒婉憂傷。

15. 《崩山》之音：《崩山》，琴曲名，描寫山體崩塌。

16. 輒：🈵 zip3（摺）；🈶 zhé。立即。

17. 窮：完全領悟的意思。

18. 舍：停止。

19. 想象猶吾心也：設想如同我心裏想的一樣啊。猶：如同。

20. 於何逃聲：如何隱藏心聲。於何：如何。逃：逃避，
　　引申為藏匿。

「這似乎是一個很動聽的故事，用今天的語言應該怎麼解讀呢？」唐向文問。

何巧敏說：「就請《小學生古文遊》的網絡主持人宋導師給我們指導吧。」她說着按下一個電子鍵，宋導師出現在眼前。

「宋導師您好！」

宋導師點頭道：
「歡迎來到戰國時代的鄭國遊覽，請看！」

今讀

伯牙擅長彈琴，他的好友鍾子期就特別懂得欣賞音樂。伯牙演奏琴曲，主題是攀登高山，鍾子期立刻便說：

「真美呀！氣勢像泰山一樣雄偉！」

如果主題是流水，鍾子期便發出讚歎：

「真美呀！像大江大河一樣波濤滾滾，汪洋恣肆！」

凡是伯牙心裏所想的，鍾子期一定能夠領會。

有一次伯牙在泰山北麓遊玩，突然遇到大雨，在岩洞下躲雨的時候，他心裏有所感觸，於是彈了一首表現連綿大雨和一首表現高山崩塌的琴曲《霖雨》和《崩山》。每奏一曲，鍾子期都能立刻領悟他的心思。於是伯牙停止奏琴，感慨地說：

「好啊！好啊！您的心和我的心息息相通，在您面前，我還能隱藏自己的心聲嗎？」

小寶典

看完之後，唐向文說：「這真是一個動聽的故事，令人感動。寫這篇文章的作者是甚麼人呢？」

本文選自《列子・湯問》篇。

相傳《列子》為戰國時代的列禦寇所著。列禦寇生平不詳，傳說他是鄭國的一位隱士，思想和老莊相似。原本《列子》早已失傳，現在留存的《列子》八篇，大概是魏晉時人纂輯先秦舊書遺文而來，內容包括民間故事、寓言、神話傳說等等。

何巧敏和唐向文齊聲說：
「《列子》這部著作很精彩啊！我們一定要好好學習。謝謝宋導師的教導！」

小
提
示

宋導師揮揮手：
「不用謝。你們還要繼續留意學習，以下，
我給大家一些小小的提示。」

　　《高山流水》是一則久經傳誦的故事，描寫鍾
子期每每能從伯牙的琴聲中聽出他的心意，這就是
後世所謂的「知音」，是朋友相交，情趣相投，心
意相通的最高精神境界。

　　作者首先開宗明義，說明伯牙和鍾子期兩個相
知相交的好友，一個「善鼓琴」，一個「善聽」。

　　接着，透過伯牙演奏象徵高山、流水兩支主題
各異的琴曲，從側面突顯他的琴藝超凡。作者沒有
用任何文字描述、形容琴曲如何美妙，只從鍾子期
的連番讚美，便可知琴音是如何的動聽；而且，亦
初步點明「伯牙所念，鍾子期必得之。」

　　作者進一步寫伯牙因避雨而心裏有所觸動，
彈奏《霖雨》《崩山》二曲，鍾子期都能「輒窮其
趣」。前文說「得」，只是能夠掌握的意思，這裏說

「窮」,則是更進一層,是徹底的瞭解。至此,伯牙和鍾子期,真可謂心靈相通了。所以到了最後,伯牙自己也說在鍾子期面前,他實在無法掩飾自己的心聲。

傳說後來鍾子期去世了,伯牙非常哀痛,覺得知音已去,再彈琴又有甚麼意義?於是在鍾子期墓前彈奏一曲後,就把琴摔毀,一輩子不願再彈了。

後來人們以「高山流水」或「流水高山」為得遇知音或知己的典故,便是出於伯牙和鍾子期的故事。也有人用這句成語,形容樂曲高妙精深。

小分享

1. 你有可以分享興趣愛好的知心朋友嗎？你們的友情是怎樣的？

2. 你還可以舉出中國歷史上以情誼深厚而有名的其他好友嗎？

3. 你瞭解最好朋友的興趣嗎？他／她有甚麼才幹？儘量列寫出來。

4. 你覺得朋友和知己有甚麼分別？你對知己有甚麼期望？

又到了星期六。

唐向文和何巧敏依約在學校的閱覽室見面。

唐向文說：

「我很喜歡《高山流水》這個故事，還想去古文遊看看《列子》裏的其他作品哩。」

何巧敏說：

「沒問題，我都準備好了，你來讀讀這一節文字吧。」

說着，她拿出了電子書。

唐向文立刻閱讀上面的文字 ——

第十二遊——戰國時期的魏國

原文

楊布打狗　《列子》

　　楊朱[1]之弟曰布。衣[2]素衣[3]而出，天雨[4]解[5]素衣，衣緇衣[6]而反[7]。其狗不知，迎[8]而吠之。楊布怒，將[9]撲[10]之。楊朱曰：「子[11]無[12]撲矣，子亦猶是也[13]。嚮者[14]使[15]汝[16]狗白而往，黑而來，豈能無怪[17]哉？」

【注釋】：

1. 楊朱：戰國時期魏國人，相傳他反對墨家和儒家的思想，主張「為我」，重視個人生命的保存。

2. 衣：（粵）ji3（意）；（普）yì。這裏作動詞，「穿上」的意思。與下文「衣緇衣」的第一個「衣」同。

3. 素衣：白色的衣服。

4. 雨：（粵）jyu6（預）；（普）yù。這裏作動詞，「下雨」的意思。

5. 解：脫去。

6. 緇衣：黑色的衣服。緇：（粵）zi1（資）；（普）zī。黑色。

7. 反：通「返」，回來。

8. 迎：正對着。

9. 將：欲，打算。

10. 撲：用力拍打。

11. 子：古代對男子的美稱。

12. 無：通「毋」，不要。

13. 猶是也：像這條狗一樣。猶：如同。是：這，指示代
    詞，此指狗。

14. 嚮者：相對為嚮，猶言「反過來說」。者字無義，乃語
    氣詞。嚮：（粵）hoeng3（向）；（普）xiàng。朝向，對着。

15. 使：如果。

16. 汝：你。

17. 無怪：不感奇怪。

唐向文說:「這一篇文字,應該怎樣用現代的語言來解讀呢?」

何巧敏說:「那麼我們馬上請《小學生古文遊》的網絡主持人宋導師來指導吧。」說着她按下電子鍵,宋導師出現在眼前。

「宋導師您好!」
何巧敏和唐向文一起說。

宋導師點頭道:
「歡迎來到戰國時期的魏國遊覽,請看!」

今讀

楊朱有個弟弟名叫楊布。一天，楊布出門時穿的一身白衣服被雨淋濕了，於是換了一身黑色的衣服回家。不料他家的狗居然不認得他，朝他狂叫不止。楊布很生氣，要打那條狗。楊朱加以勸止，並對他說：「你別打牠！（如果遇到同樣的情況）你也像這狗一樣呀。倘若你的狗渾身雪白的出去，弄得黑乎乎的回來，你難道不也感到奇怪嗎？」

唐向文說：「我明白了，這又是很有意思的一個寓言故事啊。」

何巧敏說：「嗯，我知道這個故事是選自《列子・說符》。我們還可以補充一點有關《列子》的資料。」

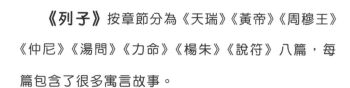

小寶典

《**列子**》按章節分為《天瑞》《黃帝》《周穆王》《仲尼》《湯問》《力命》《楊朱》《說符》八篇，每篇包含了很多寓言故事。

今天我們熟悉的《愚公移山》《夸父追日》《杞人憂天》《朝三暮四》等富有教育意義和文學價值的成語寓言，就來自於《列子》。

宋導師說：「不錯，你們還要繼續留意學習。以下，我給大家一些小小的提示。」

小提示

這則寓言故事，是諷刺那種觀察事物，只看表面現象，不看本質的人。故事以生動的情節，說明如果人只注意表面現象，往往會把事情看錯。而且，遇到事情，一個人應先看看自己有沒有錯，而不是急着怪罪他人。這本來是一個嚴肅的主題，作者卻通過幽默的諷諭將其表達出來，他採用對照的寫法，先寫狗看楊布，「衣素衣而出」「衣緇衣而反」；然後假設楊布看狗，「白而往」「黑而來」，呼應前文，說明兩者都會受到對方外表由白變黑的困惑，而所犯的錯誤也完全相同。這樣寫，不僅突出了主題，而且還增加了故事的趣味性。

這一節文字在造句用字上非常凝煉，記言記事精簡扼要。如寫楊布換衣服的過程和因由，只用了十五個字，便交代清楚了。後來寫楊朱勸楊布的一番話，也是音容並茂，躍然紙上。「子無撲矣，子亦猶是也」，「矣」「也」等語助詞的使用，顯示了說話的語氣，「矣」表示停頓，引起下文；「也」表示肯定。「嚮者使汝狗白而往」一句，清楚說明了

楊朱另一個看事物的角度,「豈能無怪哉」的反問,點中了問題的核心。

小分享

1. 你是怎樣選擇朋友的?是先看外貌,還是品德呢?為甚麼?

2. 你認為當你的同學或朋友犯錯時,要不要首先給他/她機會解釋,瞭解他/她犯錯的原因,然後再決定如何處理?為甚麼?

3. 你有沒有試過設身處地替別人着想?有些甚麼感覺?試用自己的生活經驗和大家談一談。

4. 嘗試透過一件事情或一個細節,描寫一下與你關係密切的一位好朋友。

附 錄

《論語》四則
孔子·春秋時代

遊覽地點

魯國：魯是周朝的一個姬姓諸侯國，首都在曲阜，疆域在泰山以南，略有今山東省西南部。魯國亦是孔子的出生地。

今日名勝

　　孔子的後人世居曲阜。孔氏家族的家廟曲阜孔廟是中國使用時間最長的廟宇。孔氏的府第孔府是中國現存規模最大、保存最好、最為典型的官衙與宅第合一的建築羣。附近的孔林是孔子和孔氏家族使用了兩千餘年的墓地，是世界上規模最大的家族墓地。曲阜孔府、孔廟、孔林（「三孔」）已於1994年被聯合國教科文組織列入了世界遺產名錄。

染絲
墨子·春秋時代

遊覽地點

魯國

今日名勝

　　墨子的家鄉在今天的山東棗莊市，棗莊是京杭大運河沿線的一個重要城市，在古運河邊有明清時期非常繁榮的台兒莊古城。

不貪為寶
《左傳》·春秋時代

遊覽地點

宋國：宋國是中國春秋戰國時期的一個諸侯國，國君姓子，傳說是商朝王室的後裔。這個諸侯國位於現在河南商丘和安徽淮北一帶。

今日名勝

商丘是中國的一座歷史文化名城，城內的古跡有：擁有五百多年歷史的商丘古城；原建於唐天寶年間，為祭祀宋氏始祖微子而興建的微子祠；位於商丘古城西南，相傳是商朝祖先契（契又被稱為閼伯）管理火種，祭祀火星的火神台等。

揠苗助長
孟子·戰國時代

遊覽地點

宋國

二子學弈
孟子·戰國時代

遊覽地點

鄒城：鄒城市位於今天的山東省，是一座有着三千多年歷史的文化名城。西周時邾（zhū）國建國於此，後改名為騶國，一直保留邦國時代的餘暉。鄒城市是著名思想家、教育家孟子出生的地方，1994 年被定為國家歷史文化名城。

今日名勝

在孟子的家鄉鄒城，有着祭

祀儒家「亞聖」孟子的廟宇孟廟，又稱亞聖廟。它和同城的孟府、孟林合稱「三孟」，1988 年被列入第三批全國重點文物保護單位。

東施效顰
莊子·戰國時代

遊覽地點

越國：莊子講述的這個故事發生在越國。這個諸侯國前期的核心統治區域主要在今天的浙江省諸暨、東陽、義烏和紹興周邊地區，定都會稽（紹興）。

今日名勝

紹興是中國著名的歷史文化名城與旅遊城市，名勝古跡眾多。有大禹陵，紀念越王勾踐的越王台，王羲之的蘭亭，魯迅故里等。

勸學（節錄）
荀子·戰國時代

遊覽地點

趙國：趙國是「戰國七雄」之一，都城有晉陽（今山西太原），中牟（今河南鶴壁），邯鄲（今河北邯鄲），國土範圍主要為河北省南部、山西省中部和陝西省東北隅。

今日名勝

相傳河北邯鄲是荀子的家鄉，這座歷史古城擁有很多名勝古跡，比如春秋戰國時期的邯鄲古城，魏晉時期的鄴城遺址，以及南北朝時期的響堂山石窟等。

曾子殺豬
韓非·戰國末期

遊覽地點

韓國：韓國是「戰國七雄」之一，國土主要包括今天山西南部及河南北部，首府在平陽（今山西臨汾）和新鄭（今河南新鄭）。

今日名勝

新鄭相傳是韓非的家鄉。它位於中原腹地，8000 年前就有人類定居。城內有軒轅故里、裴李崗文化遺址、白居易故里、歐陽修陵園、後周皇陵等古跡。

買櫝還珠
韓非·戰國末期

遊覽地點

楚國：韓非講述的這個故事發生在楚國。楚國，又稱荊、荊楚，「戰國七雄」之一。大致國土範圍在今天長江流域的湖北、安徽、河南、湖南等地。

今日名勝

楚國的都城在郢，遺址之一今天被稱為楚紀南故城，位於中國湖北省荊州市荊州區紀南鎮南部（原屬江陵縣），1961 年被列為第一批全國重點文物保護單位。

一年之計
管仲·春秋時期

遊覽地點

齊國：齊國是中國春秋戰國時期的一個諸侯國。其疆域主要位於今山東省大部、河北省東南部及河南省東北部，是名列「戰國七雄」之一的大國。

齊國的首都臨淄是今天的山東省淄博市。市內名勝古跡有齊國故城、桓公台、晏嬰墓、管仲墓等。

高山流水
列禦寇·戰國時代

遊覽地點

鄭國：鄭國是春秋戰國時期的一個諸侯國，其國土範圍大致在今天的河南、陝西一帶。首都原為鄭（今陝西華縣），後遷移到新鄭（今河南省新鄭市）。

楊布打狗
列禦寇·戰國時期

遊覽地點

魏國：魏國是中國戰國時期的

諸侯國，屬「戰國七雄」之一。姬姓，魏氏。它的領土約包括今天山西南部、河南北部和陝西、河北的部分地區。

魏國的首都是大梁，即今天的河南省開封市。開封迄今已有4100餘年的建城史和建都史，先後有夏朝，戰國時的魏國，五代時期的後梁、後晉、後漢、後周及北宋相繼在此定都，是世界上唯一一座城市中軸線從未變動的都城。

小學生古文遊 ①

周蜜蜜　編著

責任編輯：楊　歌
裝幀設計：小　草
排　版：時　潔
印　務：劉漢舉

出版 / 中華教育

香港北角英皇道 499 號北角工業大廈 1 樓 B
電話：(852) 2137 2338　傳真：(852) 2713 8202
電子郵件：info@chunghwabook.com.hk
網址：http://www.chunghwabook.com.hk

發行 / 香港聯合書刊物流有限公司

香港新界大埔汀麗路 36 號 中華商務印刷大廈 3 字樓
電話：(852) 2150 2100　傳真：(852) 2407 3062
電子郵件：info@suplogistics.com.hk

印刷 / 美雅印刷製本有限公司

香港觀塘榮業街 6 號海濱工業大廈 4 字樓 A 室

版次 / 2018 年 7 月第 1 版第 1 次印刷
©2018 中華教育

規格 / 32 開（195mm x 140mm）
ISBN / 978-988-8513-39-0

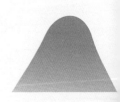